Le Café de la Paix

D0993748

Jean-Charles Sarrazin

Le Café de la Paix

HACHETTE
Jeunesse

Aujourd'hui c'est l'anniversaire
du papa de Bananasplit, mais il ne sait
vraiment pas quoi lui offrir...

Une pipe ?

Un régime de bananes ?

Un caleçon à la mode ?

Un beau stylo ?

Le mieux, se dit-il, c'est d'aller lui
demander ce qui lui ferait le plus plaisir.

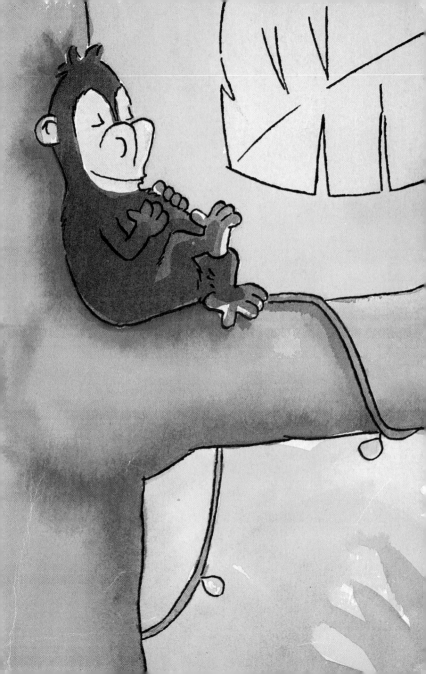

Mais son papa qui a mangé trop
de bananes fait la sieste.
« Je voudrais LA PAIX, mon petit ! »
dit-il d'un air endormi.

Bananasplit se retrouve bien embêté :
une pipe, c'est une pipe ; une banane,
c'est une banane ; un caleçon, c'est un
caleçon; un beau stylo, c'est un beau stylo,
et cela fait des cadeaux originaux.
« Mais la paix... non, je ne vois pas
comment la lui offrir ! »

Il va voir Karaoké, son ami perroquet
qui a toujours de bonnes idées...

« Il faut que tu regardes
un dictionnaire !
– Un missionnaire ?

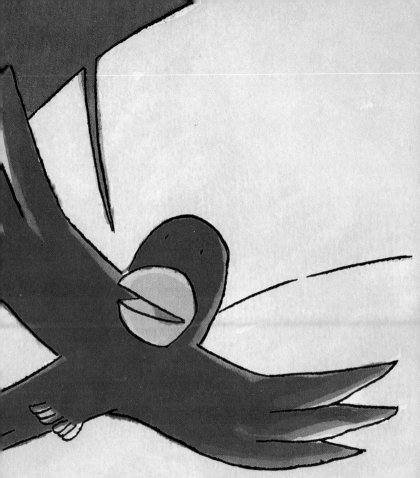

– Non, pas un missionnaire,
un dictionnaire ! C'est un livre dans
lequel tout est expliqué. Tu verras,
le mot " Paix " à plusieurs sens ; alors
tu comprendras ce que ton père a voulu
dire. Allons chez Nicoué, il en a
sûrement un pour étudier. »

« Regarde, c'est Justin qui attend
son ami. Leurs plantations sont voisines
l'une de l'autre et chaque matin
ils partent ensemble au travail. »

« Ohé ! s'exclame Nicoué en sortant
de sa case.

– Ah ! Te voilà enfin ! La prochaine
fois, je ne t'attendrai pas, dit Justin

en colère. Il est midi, il va faire
une chaleur terrible pour travailler !
Dépêchons-nous ! »

Dès que les deux amis ont disparu, Karaoké s'élance à tire-d'aile, suivi de son ami Bananasplit.

« M-N-O-P... pain, paire... paix ! Voilà,
j'ai trouvé : " Etat d'un pays qui n'est pas
en guerre " ; tu crois que c'est ça
que mon père a voulu dire ?

— Mais non, imbécile... continue !

— Bon : " Faire la paix...
se réconcilier ", c'est pas mon cas,
avec papa, nous nous entendons bien...
Ah ! " Laisser en paix = repos." »

« Il a peut-être besoin de repos, mais ça ne me dit pas ce que je vais lui offrir pour son anniversaire ? » pense tout haut Bananasplit.

Soudain, plus loin, au détour
du chemin, des cris se font entendre.
« Mais, s'étonne le petit singe,
regarde, les deux amis se disputent.
– Oui, écoute... Chacun déclare
que ce petit caféier lui appartient.
Avec le temps, leurs plantations de café

se sont agrandies jusqu'à se toucher,
ils ne savent plus où s'arrête leur terrain
et chacun revendique cet arbre.
On peut dire que la paix s'est envolée !
   – Mais alors, eux aussi auraient
besoin de quelqu'un pour trouver
la paix ; à leur tour, ils m'aideront
peut-être... J'ai une idée. »

« Arrêtez la bagarre, j'ai une idée :
prenez un grand sac de café chacun

et suivez-moi ! » s'écrie
Bananasplit en accourant.

Dans un grand four, Bananasplit
mélange le café de Justin avec celui
de Nicoué et met en route la torréfaction.

Une fois les grains bien grillés,
il leur prépare un bon café.
« Hum, quel arôme !
Exquis ! s'exclame Justin.

– Ouvrons un café ! propose Nicoué.
– Excellente idée, ajoute Karaoké,
nous l'appellerons
le Café de la Paix ! »

« Nous ouvrirons ce soir, car c'est l'anniversaire de mon papa », dit Bananasplit enchanté.

Et tout le monde se met au travail.

Pendant que Karaoké porte une
invitation au papa de Bananasplit,
ce dernier prépare une belle surprise.

« Bon anniversaire ! dit Bananasplit
en portant à son papa un énorme
gâteau avec des bougies.